먼 소식

먼 소식

초판 발행 | 2014 년 6월 5일

지은이 | 김몽선
펴낸이 | 신중현
펴낸곳 | 도서출판 학이사
　　　　　출판등록 : 제25100-2005-28호
　　　　　주소 : 대구광역시 달서구 문화회관11안길 22-1(장동)
　　　　　전화 : (053) 554~3431,3432
　　　　　팩스 : (053) 554~3433
　　　　　홈페이지 : http : // www.학이사.kr
　　　　　이메일:hes3431@naver.com

ISBN _ 978-89-93280-80-7 03810

먼 소식

김몽선

學而思 학이사

　지난겨울이 끝나갈 무렵, 아버지가 그리도 황망히 떠나시
고 난 후, 아버지의 필체로 적힌 시작詩作들을 정리하면서
풍수지탄風樹之嘆에 또 한 번 가슴이 저며왔습니다.

　아버지가 시인임을 자랑스러워했으면서도 시인으로서
의 삶을 공유하는 데는 인색했던 자식들이었기에, 내색하
신 적은 없지만 마음으로는 조금 서운해 하지 않으셨을까
하는 회한이 들면서 더욱 더 못 견디게 아버지가 그리워
집니다.

　이러한 회한에, 이제는 유작이라 불리게 된 이 시작詩作들
을 묶어 아버지를 사무치게 그리워하는 남겨진 가족들의
마음을, 아버지의 함자처럼 '꿈〔夢〕이 가득한 배〔船〕'에 함
께 실어 세상에 내놓기로 하였습니다.

아버지와의 좋은 인연을 이어 기꺼이 유고시집 발행이 가능하도록 처음부터 끝까지 애써 주신 문무학 대구문화재단 대표님과 하청호 선생님, 도서출판 학이사의 관계자 모든 분들께 진심으로 감사드립니다.

2014. 초여름
장남 김상봉
장녀 김명주
차녀 김연정

▪ 차례

책머리에 _ 5

1. 거울 앞에서

달맞이꽃 _ 12
마라도 단상斷想 _ 13
군자란君子蘭의 미소 _ 14
강변에 서면 _ 15
등신 _ 16
동백 _ 17
어떤 형제 _ 18
새해에 _ 20
거울 앞에서 _ 21
가물 때면 _ 22
허전한 날 _ 23
먼 소식 _ 24
사는 일 _ 25
둘레길 _ 26
추억 _ 27
연말 _ 28
백발 _ 29

2. 하루살이

낡은 집 _ 32

기원祈願 _ 33

하루살이 _ 34

길 _ 35

아버지 _ 36

다리 밑 풍경 _ 37

소나기 _ 38

자리 _ 39

명품 _ 40

인간은 · 1 _ 41

인간은 · 2 _ 42

옥수수 _ 43

먼 배웅 _ 44

동지冬至 _ 45

어르신 _ 46

기상도 _ 47

눈 온 날 _ 48

할미꽃 _ 49

3. 사랑 생각

유월 유감 _ 52

삼삼한 날 _ 53

호미 _ 54

여백餘白 _ 55

섭지 코지 _ 56

철 다 나면 _ 57

사랑 생각 _ 58

매미소리 _ 59

낮 달 _ 60

떠나는 삶을 보며 _ 61

호외號外 _ 62

연말이면 _ 63

돋보기 _ 64

그믐달 _ 65

기억 _ 66

영일댁 _ 67

매화 생각 _ 68

성형 고考 _ 69

4. 사랑 꽃

우주 _ 72

동백꽃 연연戀戀 _ 73

어느 봄날 _ 74

저당 잡힌 봄 _ 75

우리 집 _ 76

병실에서 _ 77

낮없는 날 _ 78

다시 신천을 걸으며 _ 79

새벽 산책 _ 80

낙동강은 알고 있다 _ 81

발足 _ 82

봄 찾아 _ 83

삼강 주막 _ 84

대구 역 _ 85

서귀포 _ 86

5. 햇빛 비치면

사랑 꽃 _ 88

새 봄 _ 89

어느 날 문득 _ 90

참 이상해 _ 91

잠자리 _ 92

겨울 여행 _ 93

햇빛 비치면 _ 94

방학 _ 96

개망초 _ 97

홍매화 _ 98

별 _ 99

신천의 봄 _ 100

햇살 _ 101

편지 _ 102

가을 하늘 _ 103

별 이야기 _ 104

▫ 해설_ 여뀌 잎의 물무늬 / 문무학 · 106
  　　　 김몽선의 동시조 / 하청호 · 114

1
거울 앞에서

달맞이꽃

땡볕도 어림없다 그리움의 긴 긴 인내
밀림 같은 잠을 업고 연노랑 힘든 웃음
무언無言의 한 아름 사랑
채워질까 그의 가슴

속내 가득 키운 연정戀情 행여 누가 눈치챌까
열대야 가문 하현下弦 별밭 매어 훤한 둘레
날마다 늦잡죄는 그
손꼽아도 좋으리

마라도 단상斷想

한 장 연잎
이슬 위로
높이 모신 공양 길손

풍파 얼러
짜고 있는
석 새 삼베 닮은 세월

해녀는
일상을 일어
햇살 맑은 정을 짓네

군자란君子蘭의 미소

한 순간 회오리 속
홀연 떠나 휑한 체취

못 이겨 텅 빈 갈증
명줄마저 차마 놓을

난분蘭盆들 봐 줄 이 없네
사막 같은 초봄 거실

벌레 먹은 잎새처럼 잔명殘命 건 바람 안고
칼날 끝 개선凱旋한 날 뜻밖의 홍안紅顔 미소
어쩌면 이리 용하랴 꽃등 밝혀 맞는 당신

강변에 서면

물살은 피라미 은빛
부챗살로 뻗쳐 와서

잊혀간 여뀌 잎에
물무늬로 떠 있다가

살갑던
우리네 고향
낙강洛江 위로 문득 핀다

키를 재던 밤나무 숲
일렁일렁 빠져 들고

낯익은 강변 돌아
낚대 끝에 눈을 뜨면

친구여,
찌를 살펴라
세상 한 자락 거기 있다

등신

세월이 스쳐 가며
안겨 주는 백발인가

세월 속을 허둥대다
기진한 주름인가

한바탕
헤매는 꿈속
가위눌린 나는 등신

동백

겨울 발치 코앞에
봄을 짓는 꽃봉오리

손꼽아 아침마다
문안 받고 뜨는 실눈

살 에는
북풍 자락도
도포처럼 입고 사네

어떤 형제

(1)

이른 봄 싹튼 형제 꽃샘 끝에 앗긴 부정父情
일제 미친 끄트머리 동해 외론 청상靑孀 엄마
가시밭 가문의 운명 열 살 형이 함께 했다

(2)

삼 모자母子 해방 혼란 윗목 얼던 단칸살이
허기져도 하나 사랑 자신보다 귀히 앉혀
여명黎明에 아우를 향한 형의 바람 높았다

(3)

뼈와 살로 얻은 식솔 용마루는 나눠지고
귀한 손 예쁜 재롱 늦복을 얼러 빌며
노모老母는 당신이 중심 형제 소통 덮으셨다

이인삼각 선 골목 서릿발이 보이다가
풍문에 빗장 걸고 노모 먼길 지차之次 집서
문득 깬 상원사* 꺼벙이 둥지 털어 나눴다

데면데면 한 세대 명절 때면 바튼 기침
잦아지는 되새김에 새삼 눈뜬 찰나 인생
북극해 빙하가 녹 듯 이해 수위 올랐을까

(4)
팔순 홀쩍 동안童顔 형님 칠순 중반 어린 동생
이른 봄 잃은 부정父情 동지섣달 도진 정이
노老 형제 엉킨 실타래 돋보기로 풀고 있다

* 상원사: 꿩이 목숨을 바쳐 은혜를 갚았다는 전설을 품고 있
는 강원도 치악산에 있는 절

19

새해에

그믐이나 초하루나
거기가 거기인데

엄청난 바람 안고
해돋이에 모은 빈손

어쩌면
응분의 복락
제 마음에 사는 것을

거울 앞에서

진정 보면 볼수록
더욱더 낯선 얼굴

흰머리 사이사이
배어나는 연민들이

마주한
눈언저리에
가을비로 내린다

거울도 나이 들면
속임수를 아는 건지

덧칠한 생각까지
점점이 티를 낸다

참모습
아슴푸레한
녹슨 날의 비수 하나

가물 때면

빗방울이 호드득
오다 말다 오다 말다

허기진 논바닥이
하늘 향해 입 벌린다

젖감질*
어린 벼 포기
새들새들 보채나 보다

* 젖감질 : 젖이 모자라서 생기는 젖먹이의 병

허전한 날

삭신이 풀릴 때면
오랏줄로 꽁꽁 묶고

마음이 허할 때면
고향 정분情分 입질이다

어린 날
한 폭 담채화
미늘 끝에 눈뜬 설렘

먼 소식

간간이 귀 울리는 흉흉한 낙수 소리
깨진 고요 틈새로 가슴 한쪽 무너지는
소식도 그런 소식은 눈물 앞에 앉는가

금빛 이름 목에 걸고 등짐 겹던 오색 어깨
무전 여행 길목마다 갈채로 치솟더니
찰나가 이리도 멀어 흰 국화로 웃는가

사는 일

우리들 삶의 궤적 연필 낙서 아닙니다
피땀 어린 세월 이마 문신으로 새겨지는
정답도 제 홀로 정답 실눈 뜨고 삽니다

둘레길

저마다 탐을 내어 정점에 서려 한다
기를 써서 헐떡임은 뭇 뒤축에 깎이는 둥
제 분수 마침맞은 길 자락마다 꽃인 것을

추억

세월은 동그라미 용수철 감는 일상
첩첩 감긴 사연들을 기억으로 당겨 보면
주르륵 성긴 틈바귀 흘러내려 별로 뜬다

연말

일상도 핑핑 돌다 뜨고 지는 해를 잊어
피곤 업은 눈 귀 닫고 속셈으로 세운 지주支柱
단풍 든 고속 깃발이 멱살 잡혀 먼저 간다

피고 지는 잎과 꽃은 어김없이 찍고 가고
하루가 막막해도 섣달은 득달같다
나배기 어둔한 독립獨立 어금니가 흔들려

백발

옹근 정 얼러 자라 무색 마당 벗이더니
철 늦어 풀린 가슴 두루 빛도 가로 젓네
임자는 낡은 손수건 가지런히 헹궈 넌다

2
하루살이

낡은 집

방문訪問 영혼 무상 임대 주인으로 사는 육신
짱짱하던 오름길도 허욕 앞에 지질린다
성찰은 뼈대만 앙상 죄밑 안고 가얄 것을

삼생三生에 얽인 연분 한숨 들러 가는 문턱
스치는 세월 본때 용마루를 헐고 간다
떠나면 순간 잊혀질 대궐이면 뭘 하나

기원祈願

그 속엔 그저 그런 혼해빠져 발길 채는
의례의 인사말로 당신 위해 빌어 주는
사연 끝 빈말 한 구절 있어 좋은 꿈이지

눈뜨면 바라는 일 이기심만 걸린 허공
수십억 내민 욕심 바로 잡는 손 있을까
모르긴 아마 몰라도 서로 낯선 가슴앓이

정갈하게 이른 아침 두 손 모아 나눈 체온
비바람 눈서리도 그 모두 은혜라면
엎드려 숨쉬는 하늘 향내 풀어 빌 일이지

하루살이

앞날이 캄캄하다 빗대느니 하루살이
수년간 인류 햇수 물밑 세상 누린 그들
한 차원 돋운 비상飛上이 우리 삶만 못할까

사람들이 정한 세월 하루랑 일 년이랑
백 년에다 견줄는지 그들이, 이내 하루
자존심 우쭐한 영장靈長 겁도 물린 저 오만

조화옹造化翁 머언 눈엔 인간도 하루살이
바로 붙어 함께 있을 위 차원도 못 미치는
어쩌면 전자 현미경 바이러스 꼴일까

길

길 아니면 가지 말라 어느 선현 주신 말씀
앞선 이 발목 걸고 거짓 허물 씌워서야
내일도 길섶 야생화 함께 가꿔 가야 할

길 아닌데 길을 내라. 어느 시인 내건 용기
붙박이 사유思惟의 틀 시공時空 번쩍 깨워 비면
빠듯이 열어 갈 덧문 햇살 같은 갈채여

아버지

네 살 들자 먼길 뜨신 기억 밖의 내 아버지
너덜 지나 강 건너고 험산險山 넘어 오늘 여기
그, 여정 부르튼 작심作心 솟대 푸른 어머니

난생 처음 맞는 소리 아버지 귀선 부름
어느덧 고애자孤哀子는 아버지고 할아버지
삼 세대 구르는 갯돌 멀리 뵌다 한바다

다리 밑 풍경

견고한 콘크리트 튀는 일상 지붕 삼아
구릿빛 나이테를 훈장으로 새긴 이들
잡힐 듯 행운 또 몇 닢 하늘 향한 입이 걸다

펄펄 날던 목청 위로 한창때 푸른 서슬
심은 곳곳 피땀인데 거둘 자린 한숨인가
지에 밥 엿길금 품듯 삭아 내려 고운 놀

소나기

가는 길 느닷없이 소나기 퍼부을 때
유추한다 부정不正 표적 급도急逃한 먹구름을
느긋이 시선 내리고 흠씬 젖어 그냥 나는

자리

벌거숭이 푸른 해변 싱싱한 파도처럼
한때는 웅성웅성 입석도 귀했는데
긴 세월 내 어귀에는 좌석마저 헐겁다

명품

명품을 걸쳤다고 사람도 명품되나
사람다운 사람 지닌 그것이 명품이지
겉치레 날개 단 시대 퇴화하는 저 군상群像

인간은 · 1

금빛 햇살 받아 안고 끝도 없이 나불대던
그들도 필경 낙엽 바래고 미어진다
헌 옷은 알뜰 수거함 재활도 꿈꾸는데…

인간은 · 2

끝없는 허공 향해
우주라 명패 걸고

시간이란 자〔尺〕를 댔다
별들의 유영游泳 길에

명명命名해
신과 조물주
앞세우면 영장靈長인가

옥수수

비린 목숨 매달렸던 태백 산골 강냉이 자루
피눈물 삼킨 만큼 세월 간난艱難 살이 올라
초대에 흔찮은 별미 성장盛粧하고 나선다

먼 배웅

먼 배웅은 캄캄하다 주체할 수 없는 허기虛氣
놀로 풀려 스러진 해 여명 모아 되 오는데
당신은 이내몸 사랑舍廊 말문 닫고 든 손님

동지冬至

비스듬히 누운 햇살 안방 깊숙 발을 뻗다
그가 벌써 눈치챘나 노동지老冬至 구들목을
새알심 바람든 민심 어우러져 끓는 팥죽

어르신

질주하는 문명 갓길
노년 멀미 가당찮다

늘어나는 수명만큼
층층 짐이 안쓰러워

이 개벽
낯선 비탈에
홀로 굽는 조선 솔

기상도

고기압 황사 날고 저기압은 사방 난전
하루가 멀다 하고 요동치는 반도 기류
예보는 바람 든 연인 온난화의 탓일까

마파람 된바람이 맞받아 이룬 전선前旋
비도 눈도 없는 구름 오일장五日場 밭은 민심
배반背飯의 가출 풍향계 향방向方을 묻고 있다

갈림길 태풍어귀 길 가려 뜨는
꽃 지고 무서리로 낙과落果 몇 주워 들 때
난장亂場에 헛다리 짚다 난기류를 피할까

눈 온 날

한기 첩첩 굽이 돌아 마천산 올라서니
오리나무 목련화에 나목마다 목화송이
창공이 가슴을 헤쳐 걸어놓은 담채화

부서라 눈꽃 치장 능선 솔은 은혼銀婚신부
새봄 잣는 마른 억새 솜이불에 눈물 젖네
남몰래 포근한 손길 살짝 얹은 저 은전恩典

할미꽃

이 몸도 아니었어 초년부터 백발 할미
여섯 폭 진홍치마 처녀 앳된 뽀얀 솜털
홍예 밑 봄꿈 한잠에 헐린 풍모 성긴 날이…

3
사랑 생각

유월 유감

맴도는 이명耳鳴 둘레 포격 폭격 미친 총성
지울 수는 차마 없다 갑년甲年 전 피의 흔적
지금도 등을 보이면 칼날 번쩍 헛손질이

그믐밤 너덜경에 알몸 던져 쌓은 오늘
새순은 알까 몰라 혹독했던 그때 겨울
이 산하 봄바람 넘쳐 웃자람은 불면不眠인데

매듭 풀기 쉽지 않다 빈말 에워 척隻진 나날
위아래 앞뒤 좌우 분수分數앓는 외곬 세상
증시도 바닥을 치면 회복세로 든다는데…

삼삼한 날

삼삼한 날 가끔 산다
노을 피는 유리창에

원시 유년 풋정 기억
덧그림 걸어 놓고

우물가
함석 두레박
깊은 모정 다시 푸는

호미

돌아서면 고개 드는 텃밭 김을 잡아야지
불볕 쏟아 지를 듯한 여름 할배 땀 배는 한낮
호미는 이슬 같은 짬 흙빛 숨이 가쁘다

박물관 진열장 안 눈길 모아 앉은 친구
부럽잖다 귀빈 대우 기계로 감당 못 할
현대화 초고속 와중 생광스런 나는 호미

여백餘白

딱히 정해 갈 곳이야
일터처럼 있을까만

나름대론 헤픈 일상
느닷없다 한잔 유혹

여백도
희붐한 대낮
풀무질로 이는 불꽃

섭지 코지

협재(俠才)가 섭지 되고
곶이란 말 코지 됐다

세월이 물이었나
입말도 침식하네

풍문 속
만발한 올인
파도 타는 수다들

철 다 나면

앞만 보고 가도 바쁜 초보 운전 시절에는
체면을 구겨 넣고 안전띠는 징검돌로
코앞도
못 보는 시야
철부진 줄 몰랐지

옆도 보며 자신만만 간 큰 운전 시절에는
한 손 질주 건방지게 추월도 보란 듯이
철났어
뻣뻣한 고개
오만 난 체 다 했지

뒷골에도 눈이 자라 나잇살 붙고 나면
얼추 철 다 들었다 헛기침 높겠지만
없어라
철 다 난 사람
이승 출구 앞까지도

사랑 생각

눈빛 서로 투명하다 손익계산 백지 위에
만물 순수 품고 나면 온 가슴 끓는 가마
사랑은 우주의 씨앗 블랙홀도 가벼워

하나 되어 끄떡없다 우레 번개 요란해도
무너지는 먹장구름 받고 남을 기둥이라
사랑은 동인 청올치 영육靈肉 모두 간절한

모자람은 포옹으로 배려 함께 덤을 얹고
세상살이 몸살이면 냉골에 불 지펴라
사랑은 내 것 아니야 반사경에 뜨는 우리

매미소리

쏟아지는 매미 통곡
불타는 여름 한낮

어릴 적 방물 이고
형젤 두고 떠난 엄마

그때도
우린 울었지
소리 없는 통곡으로

하늘 가득 매미 열창
신나는 여름 한철

어느 날 꿈이었나
월세 접고 오막 이사

그때도
우린 불렀지
춤을 추며 불렀지

낮 달

그리운 갈증 딛고 낮달로 왔습니까
드높이 휘장 파란 추천秋天도 열린 한낮
창백한 반쪽 살얼음 목숨 걸고 왔습니까

힘겹게 검은 망토 벗고 지레 왔습니다
사양길 쏘는 질시 부신 눈 반쯤 뜨고
우러러 꿈꾸는 그 님 유년으로 왔습니다

떠나는 삶을 보며

애벌레 꼬물꼬물
한 세대 마감하고

우화로 꿈의 나비
창공 훨훨 첨 본 세상

인생도 이승 벗으면
낯선 차원太元 투명일까

수년의 지하 생활
굼벵이 시절 접고

산방産房을 빠져 나와
매미 축가 새 터 잡네

떠난 인 레테 강 건너
어느 별에 신접新接할까

호외 號外

층층 집 따라 나선
군자란 일곱 형제

향내 붉은 함박웃음
이른 봄 설레었던

올핸 왜
몸살이 났나
기미 없는 두 녀석

가을 성큼 뜻밖에
목을 뽑아 웃음 짓네

쥔 가슴 울렸는가
예닐곱 달 애모튼 정

호외다
철 지난 화관
젖 먹던 힘 그 가상嘉尙

연말이면

검버섯 얼핏 보인
동짓달 이마 위에

새알심 수를 세며
넘보는 여린 맥박

칼바람
숨죽일 양지
깔아 봐야 반 뼘인데…

다 버린 석양 한 귀
함박눈 쏟아지면

얼어도 먹성 좋은
나이테는 감길 게다

감았다
뜰 수 있는 눈
고목에도 있는데…

돋보기

돋보기 대지 마라
우리들 일상 언행

다가서면 흠투성이
멀리 보면 아름다워

시력視力도
세월로 갈면
연륜 맞춰 길든다

그믐달

동녘 하늘 살 내린 달
갓밝이에 쫓기다가

꼬부랑 허리춤을
곱게 여며 스러진다

우리네
얄팍한 사유
헤아릴까 그 깊이

기억

냉돌 윗목 얼음 얼던
어린 새벽 생생한데

일 년 전 포옹 손님
가물가물 애가 탄다

원시안遠視眼
함께 닮아서
이리 쓰는 확대경

영일댁

젊은 파도 통통 튀던
동해 어느 포구에는

두어 세대 찧고 까분
허물들이 아직 널려

영일댁
나팔꽃 같은
초동初動 꿈이 쓰렸다

전설로 남아 새는
갯바위 굽은 솔아

찾으면 질긴 내력
오늘도 끈적일까

오련한
인고의 독기
그림자도 아파라

매화 생각

생각이 가려운 날
헐미 행여 덧날라

먼 사랑 미움마저
허한 품에 포개 안고

오롯이
동면冬眠에 들면
다시 필까 고古매화

성형 고考

수선해요 유행 따라 겉옷 한 벌 수선 집에
고쳐 줘요 스타처럼 성형외과 앳된 얼굴
인간도 혼魂 잃으면 사물 꾸밈보다 맞춤 시대

사람은 개화 긴 꽃 저마다 다른 향내
톡톡 튀는 색깔 품고 껍데기에 목을 거나
두 허울 날 선 시선들 나를 버린 나는 누구

4
사랑 꽃

우주

까만 허공 널린 별들 시간이란 무한 동굴

때로는 빛과 어둠 그 차림도 낯이 설다

뭘 알까 미답未踏의 우주 한 점 불티 미물 인간

동백꽃 연연戀戀

벽계산 붉은 봄날 살가운 이 보렸는데
낙엽 더미 탈듯 말듯 뜬금없이 짚불 이네
아쉬워 비운 그 자리 연지곤지 삼삼하다

동백기름 반질반질 가르마에 업힌 시절
칠순 세월 돌비알길 치기稚氣로 얼려놓고
띄우는 차창 신기루 웃다가도 눈물 나는

빨간 입술 노란 혀끝 잔설殘雪 속도 가슴 설레
수백 리 남도 길은 대머리 각설일 터
언제 또 이리 좋은 날 어머닌 듯 그대 보랴

어느 봄날

문득 보니 베란다 밖
반가워라 묵은 친구

한 세대 단독 앞뜰
이맘때면 웃어 맞던

살구꽃
귀여운 동안童眼
재롱 듬뿍 안긴다

채울 게 더는 없는
변치 않는 젊음에다

부럽도록 크게 뜬 눈
차림새가 눈부셔라

아슴해 어린 산자락
방림 골의 삼굿구이

저당 잡힌 봄

한강변 높은 다락
저당 잡힌 나의 봄은

사육제 이리 한판
피가 튀는 삶의 구원救援

벚꽃도
파랗게 질려
주춤주춤 다가선다

우리 집

황망히 떠나 온 날 내 집 아닌 우리집은
놀란 가슴 움켜잡고 천리 밖 동그맣게
되돌아
반가운 만남
벌써 꼽고 있을 터

주린 배 어미 안고 헐벗음 아비 걸친
아직 뜨인 옛날 눈빛 식솔 온정溫情 나누었던
우리 집,
제사 비빔밥
내 집 고명 얹은 그 맛

병실에서

휘장 사방 평坪 반半 공간
사선死線 넘어 널브러진

이 밤도 변함없이
비장悲壯하게 빛난 도심都心

차라리 외딴 섬으로
잦아드는 초침 소리

뜨면 깜짝 적막 자정子正
공주방에 누워 있고

떠가는 우주 속에
멀리 둥실 내가 뵌다

취한 듯 놀라운 환상
무의식이 웃자랐나

낮없는 날

갯내 끝에 스친 친구
원기 돋울 감포 전복

잊을 법도 했을 세월
무지갯빛 깔고 왔네

철부지
손 같은 나는
낯이 없네 이 하루도

다시 신천을 걸으며

내 삶에 방점 찍은
그 해 초봄 황량한 날

즐겨 걷던 신천 둔치
검둥잉어 팔뚝만한

징검돌
다시 건널까
돌아 돌아 뵈더니

꿈인 양 걸어 본다
신선 된 듯 상큼하게

이승 끈 잡는 힘은
의지일까 운명일까

후천에
운김을 둘러
환생인 듯 눈부시네

새벽 산책

눈 떴어요, 오늘도 살아 있는 기쁨이란
새벽잠 털어 내고 산책길에 나서 보면
스치는 사람 사람들 구면舊面인 듯 반깁니다

지겨운 마른장마 폭염 비켜 찾은 둔치
희붐한 냇가 따라 메꽃 이른 미소 마중
성한 발 지구를 걸어 하늘 주신 복입니다

키 큰 솔밭 온갖 꽃길 가꿔 논 손길 위에
고마움도 얹어주는 해 뜰 녘 너른 가슴
마파람 이마를 씻는 한 줌 납량納凉 덤입니다

낙동강은 알고 있다

낙동강은 알고 있다 북괴 남침 등불 조국
귀한 목숨 호국 방패 오늘 풍요 가슴 펴도
질펀해 감당 못할 자유 이리 감싸 힘든 나날

낙동강은 알고 있다 때만 되면 앓던 지병持病
묵은 때 벗겨 내고 속까지 손보았네
누구도 흠잡지 못해 청사 이래 첫 단장

발足

젖내 씻어 꽃철부터
삶의 무게 버틴 당신

계절 와서 세월 가도
궂은일 먼저 찍고

때때로 숨 막힌 질주
부르터도 참았지

대구 찾아 끓는 젊음
겨뤄 닫는 전국 체전

빈말도 더러 은혜
욕봤다 귀한 눈빛

한 운명 주춧돌 당신
승패 너머 웃어 줄까

봄 찾아

봄 찾아 나선 길목 바람 만나 물었더니
당신 가슴 깊숙한 곳 먹구름을 걷어 내라
온 누리 활짝 핀 봄도 저마다의 항심恒心 속

삼강 주막

경북 예천 풍양면에 백수 넘긴 초가 주막
내성천 금천 함께 낙동강을 반겨 맞아
보부상 힘줄 선 물길 소금배가 무거웠다

섣달 사공 텅 빈 강에
금빛 모래 아득한데
부엌 흙벽 패인 주름
외상값에 실린 등짐
한 세기 건너뛴 세월
뭍도 물도 설었네

메밀묵 막걸리에 정을 엮는 늙은 주모
수백 년 회화나무 사설 쌓인 뒤뜰 너머
옛 나루 대교 걸리고 뱃길 곤히 잠들었다

대구 역

6.25 후 탄내 가득
통곡하던 기적 소리

대합실 고픈 인파
맞고 보낸 달벌達伐 관문

반세기 힘든 기지개
허리 펴는 민자民資 역사驛舍

어깨띠 함성 속에
구국 깃발 높던 광장

붉은 벽돌 공회당도
시속時俗 따라 밀려나고

새 천 년 명품 그늘 속
물러서랴, 고향 역

서귀포

서귀포 초록 바다는
한 세대를 밝혀 든다

금빛 낙조 속에
자취 잃은 물새가 울고

긴 머리 우수憂愁의 여인
칠십 리 맨발을 걷는다

서귀포 밤거리를
달과 함께 걸어가면

흰 카라 까만 교복
웃음 피던 두 뺨 위에

뱃고동 애절한 여운
물무늬를 그린다

5
햇빛 비치면

사랑 꽃

은행나무 아랫마을 늘 푸른 향나무는
은행잎 단풍 질 때 맨 땅 굴러 다칠까 봐
사뿐히 온 몸으로 받아 사랑 꽃을 피우네

새봄

다 보내고 눈 딱 감고 맨몸 겨울 버틴 버들
언 발밑 땅 속에서 힘겹게 새봄 자아
마침내 눈 부릅떴다 기지개를 켜고 있다

어느 날 문득

티브이가 앗아 간다 우리들 날 선 생각
인터넷이 훼방한다 우리들 두루 사랑
눈물도 가물 든 가슴 골목 친구 보고픈 날

참 이상해

한 조각 휴지 들고 쓰레기통 찾는 우리
담배꽁초 마구 던져 더럽히는 아저씨들
어른도 우리만 할 때 배워 놓고 왜 저러지

잠자리

하늘 나는 잠자리야 아기 시절 네 모습은
몰라 몰라 나는 몰라 개구리도 모르던데
아! 맞아 민물 속 애벌레 고기처럼 살았으니…

귀여운 잠자리야 아기 시절 네 이름은
매미는 굼벵이 모기는 장구벌레…
아깃적 '수채' 란 이름 들어 본 적 없겠지

겨울 여행

군밤 톡톡 익는 산촌
칼바람도 건너뛰고

그늘 젖은 굽이마다
꽃잎처럼 뜨는 눈발

상기도
꿇어앉은 산
황송한 길을 간다

얼싸안은 여울하며
펄럭이는 산자락이

어쩌면 내 고향
어릴 적을 닮았을까

맨발의
새하얀 악동惡童
겨울 갈대 끝에 논다

햇빛 비치면

햇빛 비치면
나의 창가에 하늘이 내리고
들길 저 멀리 송아지 울음
풀 내음 그립다

잎사귀마다
뚜욱뚝 고향이 앉아
마냥 어린 꽃 그림자
여울에 논다

햇빛 비치면
나의 창가에 그리움 쌓이고
추녀마다 휘영청
달빛 속에
흙 내음 향기롭다

햇빛 비치면
나의 창가에 떠 오는 어머니
가슴 설레게 부르는 이름
반가운 목소리

눈길마다
상큼히 옛날이 앉아
치맛자락 감싸 안고
꿈속을 간다

햇빛 비치면
나의 창가에 은물결 빛나고
초가지붕 하이얀 박꽃 속에
젖 내음 정겨웁다

방학

뙤약볕 졸고 있다 바람은 연못 가고
빨간 속살 상큼하게 초록 무늬 차려 입은
수박도 멋이 든 방학 시골 외가 원두막

개망초

훤칠한 키 어깨 겯고
빈터마다 꾸민 동네

유월 하늘 해와 별
온몸으로 우러르며

새하얀
웃음소리를
낭랑하게 수놓는다

고향 멀리 바다 건너
낯선 땅에 정을 심어

설레는 가슴 안고
함께한 너는 우리

어릴 적
맛있는 밥상
한자리를 차지하는

홍매화

끝물 겨울 코끝 시린 심술 바람 받아 닫고
수줍은 듯 다소곳이 대문 밖 봄을 따는
발그레 설레는 소식 눈발 속을 누빈다

별

별들이 눈 못 뜬다 도시의 밤하늘엔
옛날 부엌 아궁이에 불 지필 때 내구럽듯
매연에 눈이 따가워 끔뻑끔뻑 힘들단다

신천의 봄

겨울잠 꿈을 깨는
신천 둔치 걷습니다

모처럼 아빠 엄마
새봄 함께 손을 잡고

개나리
샛노란 환영
생일인 양 설렙니다

밤사이 마술처럼
겨울 옷 벗은 느티

눈망울 예쁜 연두
신기한 듯 굴립니다

벚꽃도
반가운 마중
분홍 깃발 흔듭니다

햇살

파란 하늘 쏟아진다
누리 가득 해님 입김

꽃 피고 열매 익는
틈새마다 고루고루

때로는
무지개다리
손뼉 불러 걸어 놓고

편지

배뚤배뚤 편지 왔네
전학 간 절친 숙이

풀꽃 내 배어 나는
연필심 자국마다

왕눈이
하이얀 덧니
귀에 쟁쟁 웃음소리

가을 하늘

땡볕 아래 매미 울음
달아올라 발간 하늘

새벽 언뜻 귀뚤귀뚤
놀라 반긴 가을 노래

하늘도
무더위 벗고
새파랗게 높아지네

별 이야기

밤 깊은 별 마을에
전설들이 반짝반짝

수백 광년[1]
먼먼 얘기
들을 순 아직 없어

빛으로
전하는 수화[2]
눈으로나 듣고 있다

1) 광년 : 1초에 약 30만km를 가는 빛의 빠르기로 1년 동안 가는
　　거리 (북극성까지 거리는 약 450 광년이라고들 함)
2) 수화 : 못 듣는 사람이나 말 못하는 사람들을 위해 입말 대신 몸
　　짓, 손짓으로 표현하는 말

해설

|

여뀌 잎의 물무늬 / 문무학

절절한 사모곡, 그리고 고향과 유년의 회귀의식 / 하청호

해 설

여뀌 잎의 물무늬

문무학 (문학평론가)

시조시인 김몽선金夢船. 그가 떠났다. 언제나 지나치게 단
정한 삶으로 우리를 긴장시키던 그였다. 아니다. 체구보다
훨씬 넓은 가슴을 가져 주변의 사람을 끌어안고 세상을 껴
안았던 사람이다. 그가 느닷없이 세상을 떠났다는 소식을
듣던 날은 참으로 황당했다. 누구나 세상을 하직하는 사람
의 소식을 들을 때는 서운하고 안타까워지지만 김몽선이
떠났다는 소식은 이 세상을 떠나는 숱한 사람들 중의 하나
가 아닌 특별한 감정으로 다가왔다.

나와는 적지 않은 연령차가 있긴 하지만 처음 만났을 때
초등학교 교사라는 같은 직업을 가졌고, 문학에서도 우리
민족 고유의 전통을 가진 시조를 쓰는 시인으로 만났다. 그
를 알기 전에 잡지를 통해 이름을 보았을 땐 여류인줄 알았
다. 그로부터 삼십 수년, 참으로 자주 만났고, 함께 한 시간
이 많았다. 근데 이제 와서 보니 참 아쉽다. 김몽선 시인과

106

쌈 한판 붙어본 적이 없다. 한판 했어야 했는데 김몽선이 그런 기회를 만들어주지 않았다. 그가 늘 양보하고 그가 늘 껴안아주었다.

내게 그랬던 그가 떠나고 사모님과 아드님, 따님이 김몽선 시인이 생전에 정리해 둔 원고로 산문집을 내겠다며 날 만나자고 했다. 책을 발간하겠다는 것이다. 제목까지 정해 놓고 아주 꼼꼼하게 정리한 원고였다. 그대로 출판사에 넘기면 되도록 만들어 놓았다. 그야말로 김몽선 다운 일이었다. 내가 고마워해야 할 일은 아닌 것 같은데 왜 그렇게 고맙게 생각되는지 나도 모를 일이다. 떠나신 김몽선 시인이 그래도 복이 있다 싶었다. 이런 부인이 계시고 아들, 딸이 있어서 말이다.

나는 그 자리에서 다른 제안을 했다. 시인이 산문집을 내는 것도 괜찮지만 그 보다 더 중요한 일은 유고시집을 내는 것이라며 유고집을 발간하자고 했다. 청탁받은 원고를 주로 이메일로 보내니까 지난번 시집《덧칠》이후 시조와《섬초롱꽃》이후의 아동문학 작품을 찾을 수 있으리라고 했다. 김몽선의 남은 식구들은 그렇게 하겠다고 약속했고 그 약속의 결실이 이 유고시집이다.

시를 찾아보니 그것도 한 권 분량으로 적당했다. 1부에서 4부까지를 시조, 5부에 아동문학 작품을 수록하기로 했다. 해설을 붙이느냐 마느냐 또 누가 쓰느냐를 고민하다가 시조는 류상덕 시인, 아동문학은 하청호 시인이 쓰면 좋겠다고 생각하여 청탁을 했다. 하청호 시인이 기꺼이 동시 해설 원고를 써주셨고, 시조는 류상덕 시인께서 쓰실 수 없는 사정이 생겨 부득불 제가 맡을 수밖에 없었다.

　나는 김몽선 시인의 시집 해설을 쓴 적도 있고 동시집에
대한 서평도 쓴 적이 있다. 뿐만 아니라 발표되는 작품을 많
이 읽어왔다. 그때마다 생각하는 것은 정말 시조라는 문학
형식과 시인 김몽선은 궁합이 참 잘 맞는다는 것이다. 김몽선
은 우리의 고유한 문학 형식 시조를 쓰기 위해 이 땅에 왔
고, 시조는 김몽선을 위해 만들어진 문학 형식 같다는 생각
까지 하게 한다. 시조는 정형시다. 정형시는 형식이 있는 시
고, 그 형식을 지키는 것이 제일, 가장, 특히 중요한 일이다.
　김몽선은 이 일에 조금도 나무랄 일이 없는 시인이다. 정
격이 아닌 시조는 시조가 아니라고 생각하는 정격 고수론
자이다. 김몽선 시인과 같은 분이 있어서 우리의 민족문학
형식 시조의 원형이 지켜지고 있다. 그 원형에 21세기 복잡
한 삶을 담아낼 수 있으니 시조 형식은 참으로 위대한 것이
아닐 수 없다. 나아가서 시조의 맛은 그 원형을 지키는 것
에서 더 잘 드러난다는 사실은 시조에 대해 관심을 가진 사
람이면 누구라도 알 수 있는 일이다.
　이 유고집에 실린 시조 몇 편을 살펴보면 금방 드러나는
일이다.

　　우리들 삶의 궤적 연필 낙서 아닙니다
　　피땀 어린 세월 이마 문신으로 새겨지는
　　정답도 제 홀로 정답 실눈 뜨고 삽니다
　　　　　　　　　　　　　　　　- 〈사는 일〉 전문

이 작품은 시조의 원형이다. 형식을 지키는 것도 그렇지만 이 작품은 '사는 일'이 무엇인가에 대한 김몽선 시인의 고뇌의 흔적이 드러나는 작품이다. 우리가 산다는 것은 연필로 지울 수 있는 낙서가 아니다. 중장의 '세월'이란 시어는 '사는 동안', 혹은 '살아오는 동안'의 의미를 갖는 것인데, 그 '세월'의 한 가운데 문신처럼 또렷이 새기는 것이라고 보는 것이다. 종장은 그런 삶을 어떻게 사는가에 대한 대답인데 사는 일에는 정답이 없고 각자가 옳다고 생각하는 방법대로 사는 것이지만 늘 조심스럽게 산다고 표현했다.

실눈을 뜬다는 것은 조심한다는 의미로 읽지 않을 수 없다. 시가 시인을 닮고 시인의 생각을 반영하는 것이라는 것을 모르는 사람 없을 것이다. 그렇지만 어떻게 이렇게도 그 사람을 닮은 작품을 남겼을까 싶을 정도로 이 작품엔 김몽선의 삶과 생각이 그대로 살아있다. 정말 그랬다. 김몽선은 자기 삶에 대한 주관이 뚜렷했다. 그래서 하루도 헛되이 살지 않으려 노력해 왔으며 정말 인생을 함부로 살지 않았다.

김몽선 시인은 사는 일이 무엇인가에 대한 이 같은 작품을 남겼는가 하면 인간이 무엇인가에 대해 많이 고민한 흔적도 유고에 남겼다. 두 편의 작품이 같은 제목으로 남아있다.

금빛 햇살 받아 안고 끝도 없이 나불대던
그들도 필경 낙엽 바래고 미어진다
헌 옷은 알뜰 수거함 재활도 꿈꾸는데…
                              - 〈인간은·1〉 전문

끝없는 허공 향해
우주라 명패 걸고

시간이란 자〔尺〕를 댔다
별들의 유영遊泳 길에

명명命名해
신과 조물주
앞세우면 영장靈長인가
      - 〈인간은·2〉 전문

  인간에 대한 두 개의 사유라고 이름 붙일 수 있는, 이 작품
들에서 김몽선 시인은 첫 번째 작품에서 인간의 생명은 유
한한 것이고 일회성이라는 것을 드러내고 있다. 뿐만 아니
라 인간의 교만 혹은 어리석음을 꼬집고 있다.
  두 번째 작품도 거의 같은 선상이다. 인간이 마음대로 이
름만 갖다 붙이면 되고 제 멋대로 만물의 영장이니 뭐니 할
수 있는가. 자연에 대해 인간은 엄청나게 큰 실수를 하고
있고 무례하기 짝이 없는 짓을 하고 있다. 독백처럼 내뱉는
이 시를 제대로 읽으면 아찔해진다. 시인 김몽선의 매운 분
노이기 때문이다. 인간이 어떻게 살아야 하는가를 사유하
게 하는 작품이다. 굳이 어떻게 살아야 한다고 말하지는 않
았다. 그래서 시가 된다.
  이 시집의 4부에 실린 〈우주〉라는 작품도 제목이 다르지
만 인간에 대한 시인의 끝없는 고뇌다.

까만 허공 널린 별들 시간이란 무한 동굴

때로는 빛과 어둠 그 차림도 낯이 설다

뭘 알까 미답未踏의 우주 한 점 불티 미물 인간

　이렇게 사는 일 즉 삶과 인간에 대한 사유는 시인이라면 누구나가 다 고뇌하지 않을 수 없는 것이다. 시인에게 주어진 숙명적인 일이다. 따라서 그 고뇌의 높낮이가 시를 평가하게 하고 시인을 문학사에 자리매김하게 하는 척도가 되는 것이다.

　김몽선 시인의 작품에 대해서는 이 한 권의 시집을 대상으로 삼을 것이 아니라 그가 생전에 쓴 모든 작품을 대상으로 해야 하는 것이지만 이 작품집에 실린 작품만으로도 그의 관심이 어디에 집중되어 있었던가를 알 수 있다. 지금까지 살펴본 것과 같이 삶과 인간에 대한 사유였다. 이 같은 사실은 그가 평생 가르치는 일에 종사한 훌륭한 교육자라는 사실과 무관하지 않을 것이다.
　시인 김몽선, 그가 한국 시조시단에 기여한 공은 무엇보다도 정형의 미학을 현대에 접목시킨 것에 있다고 보아야 할 것이다. 형식은 지켜야 하는 것이기 때문에 번거로움이 될 수도 있다. 형식이 번거로움이 아니라 시상을 여물게 하는 장치라는 인식이 깊어야 정형을 고수할 수 있다. 따라서 김몽선은 그 점에서 누구도 따르기 쉽지 않은 길을 걸었다.

김몽선 시인의 시적 방법에 대해서는 J. W. Goethe 가 그의 《격언과 반성》에 썼던 말 "요즘의 시인들은 잉크에 물을 많이 탄다."고 한 것에 반한다는 생각을 갖고 있다. 그는 정직했다. 그의 삶이 그랬듯이 시에서도 절대 거창한 폼을 잡지 않았다. 또한 T.S. Eliot 이 "시인이 마땅히 해야 할 일은 새로운 감정을 찾는 데 있지 않고, 보통 감정을 이용하여 이것을 손질하여 시가 되게 하며, 전연 실지로 겪지 않은 감정인 여러 가지 느낌을 표현하는 데 있다."고 한 것에 대단히 충실한 시인이었다.

김몽선은 개인적 삶의 길에서나 교육자의 길, 시인의 길에서 정도만 걸은 사람이다. 옆길도 모르고 샛길도 모르고, 일탈을 몰랐다. 그 바른 걸음걸이는 그를 아는 모든 이들에게 기억될 것이며, 그가 남긴 아름다운 작품들은 한국 시조문학사에 오롯이 자리하게 될 것이다. 그의 유작집 해설 제목을 그가 남긴 시 〈강변에 서면〉 중에 나오는 "여뀌 잎의 물무늬"를 따왔다. 그의 유작들이 '여뀌 잎의 물무늬' 같기 때문이다.

그리고 여뀌의 특성을 생각해서다. 여뀌의 어린순은 나물로 먹기도 하며 가을에 뿌리째 말린 것을 수료水蓼라고 하여 한방에서 해열제·해독제·지혈제·이뇨제로 사용하며, 잎은 매운 맛을 가지므로 향신료를 만드는 데 쓰인다. 김몽선이 남긴 시들이 우리 삶에 여뀌 잎 같이 약재와 향신료처럼 존재하기를 바라는 마음도 없다.

이제 그가 이승의 어느 날 '강변에 서'서, 우리들에게 들

려주는 다정다감한 시 한 편을 읽으며 시조시인 김몽선을,
그의 여뀌 잎 같은 작품을 오래 기억하고자 한다.

물살은 피라미 은빛
부챗살로 뻗쳐 와서

잊혀간 여뀌 잎에
물무늬로 떠 있다가

살갑던
우리네 고향
낙강洛江 위로 문득 핀다

키를 재던 밤나무 숲
일렁일렁 빠져 들고

낯익은 강변 돌아
낚대 끝에 눈을 뜨면

친구여,
찌를 살펴라
세상 한 자락 거기 있다
　　　　－〈강변에 서면〉 전문

절절한 사모곡, 그리고 고향과 유년의 회귀의식

하청호 (아동문학가, 시인)

1

김몽선은 1940년 경북 울릉에서 출생하여 대구사범학교와 한국방송통신대학교를 졸업하였다. 1977년《월간문학》신인상 시조부문으로 등단하였으며, 그 동안《냉이꽃 하얀 이마》외 다수의 시조집을 출간하였다.

아동문학 활동은 1982인 초등교단에서 활동하는 문인들의 5인 동시화전(김몽선, 하청호 ,문무학, 권영세, 심후섭)에 참여하고, 당시의 시화전 출품작을 모아 동시집《새순은 자라 푸른 잎이 되고》(대일기획)가 출간됨으로서 본격적으로 시작되었다고 할 수 있다.

그 후 2006년 6인 동시집(권영세, 김몽선, 김형경, 문무학, 심후섭, 하청호)《도라지 꽃밭(저학년)》《아기 물방울(중학년)》《여름날 숲속에서(고학년)》전 3권이 '학이사'에서 출

간 되었으며 첫 동시집은 27년 후인 2009년 상재된 《섬초
롱꽃》(만인사)이다. 그러나 등단 장르인 시조에 비해 동시
조 작품은 과작이었으며 주된 발표지는 대구아동문학회 연
간집이었다.

2

'내 시들은 반짝이는 창의와 싱그럽고 고운 마음씨를 지
니고 아름다운 길을 꿋꿋하게 가고 있는 어린이들에게 줄
수 있는 시 선물로 좋을까?
- 중략 -
이 동시들이 찬란한 꿈을 가꾸며 자신의 소질을 마음껏
펼쳐 나가는 어린이의 길가에 조그만 쉼터나 마른 목을 축
여 줄 옹달샘이 되기를 바랍니다.'

위의 글은 김몽선 시인의 첫 동시집 《섬초롱꽃》 책머리에
있는 글이다. 그의 작품집 속에는 독자인 어린이들이 바람
직하게 성장하기를 바라는 교육자적인 염원을 담고 있다.
따라서 그는 삶의 현장인 어머니와 가족, 학교와 친구, 꽃
과 자연을 소재로 한 시적 형상화로 어린이들에게 정서적
쉼터를 제공하고 타는 목마름을 해소하는 청량한 물이 되
기를 희구했다.

5인 동시집 《새순은 자라 푸른 잎이 되고(1982)》에서 김
몽선 씨는 5편의 동시조를 처음으로 발표한다.

잿빛 하늘이더니 / 금새 뽀오얗게 / 뽀오얗게 흩날리는 /
눈 / 첫 눈. //
먼 산은 다가와 / 창 밖에 눈발을 받고 / 빌딩 높은 / 숲
에도 송이 송이 / 겨울을 앉히고 있다.//
엄마만큼이나 / 좋아하는 / 눈 아이들 //
허한 가슴팍에 / 불같은 손짓 / 손짓. //
창가로 / 운동장으로 / 나비되어 부르고 있다.

- 〈첫 눈〉 전문

'첫 눈'은 동시조의 형식을 취하고 있지만 굳이 그러한 형
식에 얽매였다고 볼 수 없는 자유 동시이다. 눈이 내리는
모습을 살리기 위해 행을 짧게 끊어 시각적 효과를 극대화
하였다. 그에 따른 속도감 있는 시행 전개와 리듬감은 작품
에 생동감을 불어넣어 주었으며, 이것은 시조 자수율을 동
시童詩에 접목한 것이라 생각된다.

그리고 눈이 내리는 모습을 명징한 이미지와, 시선의 이
동을 통해 실감 있게 형상화 하였다. 그것은 '하늘 - 산 - 빌
딩 - 가슴'으로 이어지는 하강의 과정이다. 한 편의 동시조
에도 치밀한 구조를 통해 완성도 높은 작품을 쓰고자하는
그의 시적 치열성을 엿볼 수 있다. 그러나 '허한 가슴팍에 /
불같은 손짓 / 손짓'과 같은 일부의 심상은 아직 동심에 밀
착하지 않은 성인의식의 노출이 드러나기도 했다.

그러나 2009년에 상재된 개인 동시집 《섬초롱꽃》은 첫 5
인 작품집에서 일부 노정露呈된 흠결을 극복한 수준 높은 동

시를 보여주고 있다.

> 외딴 섬 어스름에 / 하얀 초롱 밝혀들고 //
> 아득한 수평 밖 / 뭍에 가신 엄마마중 //
> 들릴까 / 뱃고동 소리 //
> 귀를 활짝 열고 섰다.
>
> - 〈섬초롱꽃〉 전문

　시조의 형식과 동심이 조화를 이루는 돋보이는 작품이다. 김몽선 씨는 고향인 울릉도와 어머니에 대한 그리움이 시의 원천이 되고 있다.

　동심은 인간의 원초적인 마음이며, 그 속에는 모성母性이 깃들어 있다. 따라서 동심에서 모성은 신화 같은 것이다.

　만약 우리에게 신화 같은 유년시절이 없다면 세상은 얼마나 삭막하겠는가. '가스통 바슐라르'는 '유년 시절은 존재의 우물'이라고 했다. 동심을 그려내는 다양한 장르의 작품들이 이와 같은 마르지 않는 '존재의 우물'에서 끊임없이 예술적 심상을 길러 올리는 것이다.

　김몽선 씨의 의식 속에는 유년과 어머니는 절대적이며 회귀하고 싶은 그리움의 대상이다. 동시조의 첫 작품인 '첫눈'과 개인 작품집 표제인 《섬초롱꽃》에도 어김없이 어머니가 등장한다. 이것은 가장 좋아하는 대상도 어머니이며, 기다림의 대상도 어머니인 것이다. 어머니는 그가 끊임없이 길러 올리는 시심詩心의 우물인 것이다.

3

- 전략 -

햇빛 비치면 / 나의 창가에 떠 오는 어머니 /
가슴 설레게 부르는 이름 / 반가운 목소리 //
눈길마다 / 상큼히 옛날이 앉아 / 치맛자락 감싸 안고 /
꿈속을 간다 //
햇빛 비치면 / 나의 창가에 은물결 빛나고 /
초가지붕 하이얀 박꽃 속에 / 젖 내음 정겨웁다

- 〈햇빛 비치면〉 일부

-전략-

고향 멀리 바다 건너 / 낯선 땅에 정을 심어 //
설레는 가슴 안고 / 함께한 너는 우리 //
어릴 적 / 맛있는 밥상 / 한자리를 차지하는

- 〈개망초〉 일부

위의 작품은 미발표 유고 중 2편이다.

〈햇빛 비치면〉과 〈개망초〉에서도 유년에 대한 그리움과 고향에 대한 회귀의식이 절절히 드러나 있다. 김몽선 씨는 현대를 살면서도 의식은 과거에 뿌리내리고 있다. 어머니의 목소리와 치마는 돌아가고 싶은 정신적 고향이며, 그 속에서 정서적 보상을 받고자 한다. 따라서 위의 작품은 과거의 회억이 감정의 유로流露를 극복하고 향토적 서정과 모성이 효과적으로 교직되어 있다.

'개망초'는 국화과에 속하는 두해살이풀이다. 봄이면 이 땅의 들판에 지천으로 돋아나며, 연한 새순은 서민들의 밥상에 즐겨 오른 흔한 봄나물이다. 작품의 배경에는 어김없이 행복했던 유년과 고향의 대한 심상이 깊이 내재되어 있다. 그는 '개망초'를 보면서도 울릉도를 떠올린다. '개망초'는 단순한 풀이 아니라 '우리'라는 가족공동체의 일부로 생각한다. 고향에서 본 풀 한 포기에도 그의 시선은 멈추고 그리움에 가슴저려한다.

이상과 같이 김몽선 씨의 주된 시적 대상인 어머니와 고향, 그리고 유년을 몇 편의 작품을 통해 살펴보았다. 필자의 단상이 그의 전체적 작품세계를 조망하는 데는 매우 미흡하리라 생각한다. 언젠가 눈 밝은 이가 있어 그의 동시조 세계를 심층적으로 분석, 평가하리라 믿으며 부족한 글 맺는다. 삼가 고인의 명복을 빌며, 40여년을 함께 했던 남은 5인 문우들의 아픈 마음을 글 말미에 덧댄다.